图书在版编目（CIP）数据

云尽处 / 马占祥著 . -- 北京 ：国际文化出版公司，2022.10

（中国好诗 . 第七季）

ISBN 978-7-5125-1288-7

Ⅰ . ①云… Ⅱ . ①马… Ⅲ . ①诗集 - 中国 - 当代 Ⅳ . ① I227

中国版本图书馆 CIP 数据核字 (2022) 第 156310 号

云尽处

作　　者	马占祥
责任编辑	戴　婕
选题策划	彭明榜
出版发行	国际文化出版公司
经　　销	全国新华书店
印　　刷	北京精彩世纪印刷科技有限公司
开　　本	889 毫米 ×1194 毫米　　32 开
	5.5 印张　　100 千字
版　　次	2022 年 10 月第 1 版
	2022 年 10 月第 1 次印刷
书　　号	ISBN 978-7-5125-1288-7
定　　价	58.00 元

国际文化出版公司

北京朝阳区东土城路乙 9 号　　邮编：100013

总编室：(010) 64270995　　传真：(010) 64270995

销售热线：(010) 64271187　　传真：(010) 64271187-800

E-mail：icpc@95777.sina.net

马占祥　回族。中国作家协会会员。现就职于宁夏文学艺术院。曾参加诗刊社第二十八届青春诗会。获第十二届全国少数民族文学创作骏马奖。出版诗集《西北辞》《半个城》《去山阿者歌》《山歌行》《陌上歌》等。

"县城诗学"：路过的闪电悄无声息

——马占祥的诗歌动因

◎ 霍俊明

　　我和马占祥相识于《诗刊》社第二十八届青春诗会，我是那一届的指导教师。一转眼十年就过去了，但我仍然清晰地记得当时的情形。

　　1.

　　这一届青春诗会在云南红河哈尼族彝族自治州蒙自举行。

2012 年 9 月 27 日这天，我们一行人走在草坝镇有着一百多年历史的三等小站碧色寨的铁轨上。

滇越铁路是中国近代史上最早的铁路之一。1903 年开始动工，历时七年才完成，在不到五百公里的铁路线上竟有六万多的劳工葬身于此。如今这里更像是钢铁打造的历史废墟和锈蚀的时间空壳，一切都是空荡荡的，连乡愁的一根针线都容纳不下了。徒步二十四公里的铁路（米轨）对每一个人来说都是一次不小的挑战。我和马占祥等一行人在仅仅一米宽的铁轨上慢慢走着，步幅不能太大也不能太小，总之每一步迈出去都很不舒服。我们遇到的不只是那些杂草、砾石、枕木、铁轨以及废弃的机车和车站，还遇到了玉米、红土、墓地、石碑、隧道以及老鼠、昆虫的尸体。真切而又恍惚之际我们和历史打了个照面。起初是太阳暴晒，走到中途的时候，突然遇到一场狂风暴雨。我们毫无躲避之所，只能在大山间的铁轨上任雨水肆意浇淋，顿时浑身湿透。铁轨更加油亮而打滑，鞋子里已经浸了雨水，走起路来"吧嗒、吧嗒"地响，让人生出恍如一梦之感。多年后回想起来，仍然觉得这一切都不是真实的。

那次青春诗会，我因为要赶回北京给学生上课，所以提前离开了。事后听说马占祥在离会前的晚上喝了非常多的酒——我虽知道他酒量好，但是离别的酒很容易醉人。我一直称马占祥为"老马"，一则是诗人兄弟使然，二来他也确实比我年长一岁。十年间我们陆陆续续地在诗歌活动上见过几次，而马占祥诗歌能力的提升之快超乎想象。不知不觉间我们也被时间给大大改变了，包括我们的身体机能和疾病的突然造访——"'啪'的一声，我的心脏突然给我不受控制的／声音。在下午，阳光还在照耀人间／我突然就满面汗水／不是恐惧。我的心脏已经跟我四十多年了／我从未想过它如何将血液的河流／埋在我身体的各处，让它们流淌／在我身体的丘壑山间穿行／它一直不停地跳动，使我不停地游走人间／而这时，它响了一声／像寺庙里的钟声"（《心脏》）。

2.

我曾听商震有滋有味地讲起他在宁夏同心县的乡下与马占祥大口吃羊肉大碗干烈酒的情形，末了，他又带着叹息及时地补充了一句："那个地方太穷了，雨水太少了，太干旱了。"

　　老马属于典型的西北汉子，平日里朋友们见面他也基本不太说话。正如他的诗一样，朴素、内敛、厚道、深挚，拒绝伪饰和造假。

　　每一位自觉、自省的写作者都会激活、塑造、确立属于自己甚至时代的标识物，在新旧两种时间和空间交错的整体情势下诗人的标识物大体指向了"故乡"这一原点和精神轴心。诗歌无形中构成了一个诗人的编年史。写诗近三十年间，马占祥在诗歌中也不断强化着他的"县城诗学"。马占祥在写作中显现出了西北人近乎执拗的性格和韧劲儿。他属于选择一个定点然后就不断向下挖掘的写作者，他的目光不断辐射又不断收拢。在诗集《西北辞》《半个城》《去山阿者歌》《山歌行》以及这本最新诗集《云尽处》中，他总是不离不弃、不厌其烦、不辞劳苦地反复抒写着宁夏中南部一个叫同心的小县城。

　　在这座西部弹丸小城，马占祥怀抱着能量巨大的精神云图、记忆图景和现实情势。更多的时候，我们看到了一个在夜晚出走、伫立、呆坐、仰望和静思的诗人形象。其间有闪电的无声乍现，有微曦的星光，有如水般的月光。也就是说，马占祥自觉或不自觉地寻找着光源，这是心理投射和精神愿景，也是对记忆和诗歌的双重托付。这也印证了在时间近乎暗夜般的无情流逝中无论是高邈之物还是卑怯之物都需要照彻和抚慰。马占祥一直用白描与歌谣相互融合的语调来抒写这座常年少雨、干旱、贫瘠的西北城镇以及这里的土地、荒山、低矮的植物和作物——"我生活在西北的一个小县城——宁夏回族自治区同心县。那里干旱、缺水，年降雨量二百毫米，蒸发量却达到二千三百毫米。有几座山峦，黄且荒凉；有一条细流，泥沙俱下。干旱是特点，也是病症。好在经过近十年的治理，山绿了，水也清了。在这里写作诗歌，我认为是阅历和地域给我的礼物。回顾三十年来的诗歌创作，我始终对我生存的土地和身边人群抱有感恩之心：他们不但成就了我，也成全了我的诗歌。"（马占祥第十二届全国少数民族文学创作骏马奖的获奖感言）

同心县，别名"半个城"。"半个城"是马占祥"县城诗学"的核心，是精神的策源地，是历史与现实对话的场域，是命运实实在在的生发地，是人间的真实烟火和精神幻象的并置，也是一个诗人的视野、取景框乃至世界观的起点。

异土殊俗，地貌、环境更为显著地对应于当地性格与地方性知识。同心县为典型的丘陵沟壑区，以山脉、丘陵、沟壑、河谷、滩地以及沙漠垣地为主。

马占祥在西北的这座干旱的小城获得了温暖和平淡，
也目睹了亲人的离散和故地记忆的崩溃，"山羊只
修正急于表达自己的 / 蒿草的，命运"（《山羊经》）。
为了在日新月异的时代温故那些山峁、土地、县城、
村落、羊群以及低矮的植物，为了温故那些亲人红
扑扑而粗糙的面孔以及日益稀薄的往昔记忆，为了
弥补现实与精神之间的落差，马占祥也必须做好准
备迎接那扑面而来的漫漫尘土和劲健刺骨的北风。

到山上去。工业留在了人间

流水很清澈

——《山羊经》

我们也必须明确，包括"县城"在内的任何地
方和空间都是存在性体验的结果，都是想象、求真
意志以及修辞、技艺同步参与的过程。只有如此，
一个个或大或小的空间才能够被充实起来，变得有
血有肉有灵魂。正如布罗茨基所说："边远地方并
非世界终结的地方——它们正是世界展开的地方。"
但是对于长期生存在"故乡"的在地写作者来说，
要想对"故乡"自身进行有效的抒写和反思则是非
常艰难的。特殊的生存环境使得马占祥的诗歌沾染

了"土腥气""汗气""骨气"以及寒暑交替、时代赓续的"冷热之气",进而也去除了在同时代一些诗人那里惯有的俗气、媚态、戾气以及自大。马占祥的诗歌体现了与"地方性知识"和"在地性格"非常契合的精神特质和命运底色,这近乎是天然性的呼吸节奏一样,"西北的苍茫,是我的星象"(《海岸线》)。

3.

值得注意的是,马占祥的诗歌质朴但是并不粗砺,甚至有着西部诗人中比较罕见的细腻、柔软和动情。从这本诗集《云尽处》所分的"山羊经""绿萝谣""明月章"三个小辑来看,这些诗作初看起来甚至是非常轻逸的——不是愁眉苦脸和苦大仇深式的,甚至有着近乎传统化的"诗意"再现,但这并不是其诗的真正内质。其中大部分诗,马占祥处理得都是十分精简和节制,显然诗歌作为"减法"和"以少胜多"的秘诀他早已了然于胸。

就马占祥最近的这些诗而言,我们可以通过"分类阅读"来具体分析,这有助于进一步把握一个诗人整体的写作风格以及精神向度和内在心理机制。

在这座干旱少雨而又蒸发量巨大的小城，马占祥格外敏感于季节的变化，显著的时间意识和存在感可见一斑。的确，对于生活空间常年少雨、干旱的"地方诗人"而言，他们对天气、物候和节令的敏感度要超过一般的写作者。由此，月份、季节和时间性的场景就极其频繁地在马占祥的诗歌中现身了，比如"十月，山羊上山坡""二月明亮而／晶莹""元月十二日""初春""三月已尽""九月里，信风携带着河流的密码""夏天，晚风吹过羊群""明日即有大雨""四月的去向""四月看花。五月等雨"等诗句以及《小寒歌》《春雨日》《大雪记》《下雨天》《细雨已至》《冬天的祝词》《春天应有的》《春风吹拂》《雪在北方的原野上盖住苍茫》等等作品。

我们都知道诗人必须借助意象、细节、场景乃至空间说话。那么，在马占祥的诗歌中何物出现得最多？众所周知，一个优异的诗人必须要精心培植专属于自己的"核心意象"或"私人意象"，它们对应于特殊的个体命运、现实感、时代性以及地方性格的基因。半个城（县城、小城、小县城、城池）、北方（北方人）、山（山上、山坡、山谷、山塬、山梁）、山羊、月光、河流、北风（大风）、石头、脸面等成为马占祥不断强化的"关键词"。就植物意象来说，马占祥把这些极为卑微而具有韧劲的植物、作物拉到我们面前，比如玉米、槐树、杨树、红柳、垂柳、芨芨草、大紫叶李、八角子以及室内的植物绿萝、仙人指等等。

在马占祥的一部分诗中迎面而来的是近乎呛人的"土气"，现实中的小城以及所有的事物都置身于干燥和皲裂之中，但是马占祥又一次次给这座县城搬运来了雨水、雪水、河流以及月光和星光。质言之，诗歌中的"县城"被湿润了，被修辞化了，一切变得舒缓和柔软起来。马占祥一次又一次地让"月光"和"星群"照彻县城、山地、村庄、羊群、石头以及人心，比如"满山坡的月光""山羊吃着月光""月光的河流，被风吹皱""——天狼星闪烁其词／发出幽暗的光""唯有月光／照到小县城时放慢了脚步""一轮圆月，慢慢抬起皱纹丛生的脸面""你看，天宇东面，那颗明亮的／最孤单""一些星子，及时打开了花骨朵般的光芒""像牧羊人面对羊群，一抬头／就见月亮，将柔软的光轻轻放在来路上""在星光下奔赴前途的人呐""我在花园中看到圆月"等等。这是典型的黑白默片般的世事渊薮和流年影像。

4.

显然，马占祥诗歌中的这座"县城"对应了历史、现实以及人心、世相，对应了一个写作者的语言边界和感受边界。马占祥在《河西集市》这首诗中列举了诸多的单位和各色的商铺，而他想要说出的则是"这些都是河西集市人来人往的地方 / 大部分是按照 / 人的需要设置的。只有小部分 / 不是"。诗人站在历史时间、自然时间、城乡时间和精神时间的交叉点上察看、言说或保持沉默。

有时候在一个出色的诗人这里，我们已然很难区分什么是历史感什么是现实感什么又是命运感，而它们往往是彼此融合、掺杂、交汇在一起的，这需要诗人的襟怀和胃部要具有强大的"消化"能力。

无论是"半个城"还是其间那些朴素、卑微的人物、动物以及植物，它们都有自己的生命轨迹和历史痕迹，这都需要诗人作为见证者和记忆者予以抒写、回溯和铭刻——"在半个城，有过山羊的传说 / ——记录在羊皮上 / 关于它们的歌谣 / 需要轻敲羊胛骨伴奏 / 单音节的唱腔 / 散发出青草的气息"（《山羊经》）。"传说"对应的正是模糊的历史影像以及沧海桑田般的物是人非。

　　总体来看，马占祥的诗是质朴、内敛、自审而又深隐的，不乏智性和想象力的深度空间。他总是能够在那些核心意象以及日常景象中发现那一闪而过的闪电和灵魂的内里。而这正是一个写作者多年对生存空间以及其间事物予以长期深度凝视的结果，也是个人化的现实想象力以及求真意志积极参与的结果。

　　多年来，老马一直执拗地抒写着他的"城池"、草木、人心和世相，他捡起一个个针尖或麦芒，在黑暗的夜色中把月光和星光拉得更低一些，以便让那些人间草木和蝼蚁能够得到更多一点的照耀和眷顾。这最终形成的是强劲的朔风和干燥的空气中一个人的"县城诗学"。尽管马占祥暂时离开县城去了更远的银川，但是我相信，他仍会一如既往地抒写他西部的这座小县城，因为那是他的母体、胎盘和记忆附着的根系，是一个人活生生的现实以及精神的渊薮，是一道道无声的闪电在一瞬间的照彻。

　　　　　　　　　　2022 年 6 月 1 日改定

目录

第一辑　山羊经

第二辑　绿萝谣

第三辑　明月章

第一辑

山羊经

山羊经

1

十月，山羊上山坡

满山坡的月光

照耀草

山阴处，山羊吃着月光

月光，在山阳处

有一张翠绿的脸面

2

月光的河流，被风吹皱

轻轻地流过半个城

我需要一种慢速度的抒写

给羊圈上空

布置星空般的字迹

——天狼星闪烁其词

发出幽暗的光

3

山羊撒在山畔的词语
会在来年发芽，开花
结出小小的梦迹

4

山羊不说话，不忧伤
不笑
谨守山坡的
纪律

5

到山上去。工业留在了人间
流水很清澈
有时，倒影一片云朵
有时，倒影几只山羊
——它们高过飞鸟
低于天空

6

山羊只修正急于表达自己的
蒿草的，命运

7

在半个城，有过山羊的传说
——记录在羊皮上
关于它们的歌谣
需要轻敲羊胛骨伴奏
单音节的唱腔
散发出青草的气息

8

"山羊的孤独在山里"
"它们站在高处打量人间"
"山羊的目光是山坡上唯一的证据"
"冬天，它们嚼着雪花"
"四季，在山羊毛发间流传"

9

相传，山羊爱着花朵
它们相互为饥饿牺牲
在山中，岩石为他们
作证

10

寻找一个词，一个动词
在山畔处，在山坡上
路过的闪电悄无声息
一株曲折的刺槐下
有个词一动不动
——山羊

11

野火烧青草
青草茂密

乌鸦念经

石头做纸

山羊的白，或者黑

就像一是一

二是二

12

山顶上，停着山羊

山羊背上，停着云朵

云朵上，停着光芒

当时，光芒之下

一只山羊，背着漫天金子

河水向北流

河水向北流，没有回头
一条河，提着自己的浪花
奔赴北方。它的二月明亮而
晶莹。它的天空，还在汹涌

浩浩荡荡，北方的石头在山坡上
流淌。河岸，一株苦籽蔓拉开了
北风的一角。这时
我将北风称之为刮动，或者弥漫

河水里埋着火焰。薄薄的水
没有言辞。有本古书
记着河流原来的样子，唯有月光
照到小县城时放慢了脚步

云尽处

在山上，云朵打开门楣：众鸟的翅羽藏在风中
江山气象宏大，草木说服自己流下泪水。心中的
句子是：一条河里的黄金都是献给人间的

云朵浮在山间，十分美好
云尽处，一轮斜阳的齿轮轰鸣着路过人间
也十分美好

下雪记

夜晚很冷

县城里的灯盏有古代的诗意

河流止于归途

它藏下的星星不再摇动

我听的音乐是思乡题材的

在路上

纷乱的雪花来自天宇

它的奇妙处

是轻盈，是飞

是给我奔波一生的路途

添上一段好看的留白

山谷的美学

青山已老。槐树的胡须黢黑凌乱

风吹过，槐树的身体里琴声呜咽

人间陷落的一隅

莎草与黄鼠安身立命

云过去，留下寂寂身影

石头是嶙峋的

成不了佛

只能守着冰凉的心

人在尘世中。山的疆界外

才叫红尘。乌鸦在日暮呼唤良宵，

一声之后，山谷里

一轮圆月，慢慢抬起皱纹丛生的脸面

海岸线

可以挡住一片云朵打听水的来路

站在海边，这是我的最初想法

一个北方人，在水的面前说不出方言

看着一只水鸟

高高飞起，落在一片休息的云朵上

巨大的落日被水淹没：纯金的海岸线

笔直地横在眼前。我心中陡然生出一种

不恰当的空寂感——我背后

西北的苍茫，是我的星象

现在，我需要给漂泊更为准确的定义

冬夜独坐

这夜晚是我爱的，有着清冽的味道

窗外的星云明白

有人隔着一座城池也看到了

她说，美，就在星空

你看，天宇东面，那颗明亮的

最孤单

它用尽力气

耗费自己光芒

我在一片夜色中

沿着她说的方向看去

——那是一朵花

一朵灿烂的星华

第一天

第一天是晴天，没有人回我消息
我和众多的书目一起探讨往事
对春秋时期的旧事，抱有怀疑

第一天，我想的事都是空洞的
小城边，庙儿岭上空，有几朵云
对于路人而言，漂泊是无效的

有难度的诗句："琼瑰盈吾怀乎"
我不必远行，在这小城
我想：你必点燃火烛，念念有词

虚无论

缺竹林，缺器乐和饮品

缺人——相与谈论诗学、玄学

一个人在呆滞中，心境上的锈斑渐生

被椅子抛弃在虚无中

看塔可夫斯基，看伯格曼，看戈达尔

看云，天空的哲学空荡荡地盛满风

一棵槐树披着满身槐荚，站在路边

送走一个人，又迎来一个抱着自己影子的人

元月十二日

今日有好天气，艳阳欢喜

微风细密

穿过县城的路上

遇到的很多人，他们脸面干净

我要去河西

路过的河流装着部分天空

鱼的去向不明

有只花喜鹊在我身侧

飞翔。我觉得

我要跟随它去远处，觅食

河西不远，那里有千亩枸杞

宁夏腹地，万物都有很好的安排

我路过的村子一个接一个

每个村子里都有炊烟

有人，也有丝缕状的，薄薄的乡愁

更广阔的

更广阔的冬天，披着巨大的北风的披风

在我身边，看我写下文字

它不具有神启的意味

——我在北方的微小的县城里

更微小桌子和纸页上：山峦被抬起

波澜被形容

天空如磐石，刻着星子

我念不出西北苍茫的文字

云朵的旨意覆盖了一小块地域

就像月光，沿着河流的走向

蔓延开去——更广阔的词语里

有一点小小的忧伤，小小的

藏在广阔的西北，更微小的一隅

张家口

张家口村的落日，是异乡的落日

巨浪般的山峰，让一片原野呈大海状

它们淹没了去向甘肃环县的路途

——这路途布满曲折

沿途，树木低矮

屋舍后，有长长的农耕时代的影子

很好看。有些人家已不在尘世

——在山坳处、在半坡处、在垄坝处

一个一个摆开自家的烟火

像古代的土地上新发的草芽

当时，天空存着的云朵泛金透红

——一个美好的黄昏

在到环县之前，这是我给你说过三遍的事

滨河大道

一条河上，彼岸，有树

此岸，黄土裸露

冬日的好天气

一轮白日，照耀人间

槐树嶙峋

有只喜鹊大叫三声

藏身于河畔槐树中

躲过了半个白天

滨河大道直至西山

河边，曲折的路口

一会儿，吐出几辆车

一会儿，吐出几个奔波的人

月末

我想看月亮，沿街的灯火太亮
我想给你说，这巨大的北方
月亮很好看

你能看到月亮里
山峦参差
河流蜿蜒，草木葳蕤

树木要是再密一些
月亮里，就会漂浮起几朵好看的
人间的白云

水湄

水有水的哲学问题：地势坤

水沿途而下

芦苇站直身子，看水远在白云外

汤汤而来，又汤汤而去

不在人间

我没有古人涉江而过的

五言心境，或者，七言寓意

我只是过客，路过当代的

水湄边，石头一颗接一颗亮出自己

其中一颗，亮出被水浸透的怀古之心

河流滚滚而去

闪烁的水边，杂草拥挤的脸面有风尘之意
有人在河边打转——他没有走出这一日之末的余辉
而河流，滚滚而去。云朵的白影子睡在河面上
黑石头一般，随波逐流。一个人看见辩证法的反面

古镇里的小桥

渡人，还渡那些湿润的石头

对岸不远，很快就到

岸边的树木低矮

花朵兀自开着

只有对岸的花朵才这样

有些在树上，有些，小小的蕊里

没有丝毫烟火气息

桥中间，拉二胡的人

面前摆放的旧纸币上

留着很多温暖的指纹

过去的曲子里

喜悦哀怨，谁听到算谁的

——一个人走了三个来回

刚好，回到来路

落日一种

一条河流不能装下所有的光

落日的镜子里

火焰尚未熄灭

一座山跑过一座山和另一座山

用寺庙，接住余温

山风说出的词语是祈祷

是最后一个合住眼睛的

轻微的安静

不熄之火

我信这北方的地下有火
地上，长出来火苗
是红柳、沙枣树和枯槐
绿火焰烧着花朵

有些火苗会飞，飞起来的是
麻雀、喜鹊、红嘴鸠和野鸽子
——或许，是溅起来的

阔大的火，也会烧着
山里的马匹——它们披着云朵奔跑

哦，烟火苍茫的山塬
哦，烟火苍茫的云朵

河西集市

我路过了中医院河西分院、司法所、邮局、派出所
中心学校、河西法庭
我路过了槐树、杨树和垂柳
蜀葵有白的、粉的花朵接住路过的尘埃

S101 线上，我记下的名录有：牧甫通讯
烧饼店、兽药经销部、学文综合商店
农药店、经纬药店、养生馆、牛肉拉面
太阳能、老李早点、农机修理、老马大型油坊

这些都是河西集市人来人往的地方
大部分是按照
人的需要设置的。只有小部分
不是

我数着数字的人文观照

一是一座雪山，在当代的大地上

二是两只麻雀，它们没有追上末尾的风

三在黑格尔的书中

四有四个方向，分别给四只圣物打下了石基

好吧，还有更多

我数着数字，溯回到公元前五世纪

几个胡须发白的老人

给我竹简上，字迹斑驳

清楚地写着：九

马群

马群在马段头山上
驮着青草和云朵，抵达夜晚
它们是从清晨出发的
那时，漫山野的燕芨芨花朵里
盛着阳光的金黄
没有任何寓意
山脊上，虬枝盘曲的老槐
枝叶是翠绿的
现在，都被风吹得叮当响

马群的长长的鬃毛在风中
呈云朵的丝缕状
我在马段头山遇到它们
它们被暮色渐渐覆盖
在苍茫北方
它们把奔跑留给我
让我在路途上
被风吹着
消失在它们身边

沙尘暴

尘埃浮动，在平静的生活中投入了巨大的

隐喻。北方被沙粒包围——一块补丁般的图像

现在，院子里大紫叶李紧抓着的土地升上了天空

多少人在模糊中行走？去向已经不明

来路瞬即消失

几棵垂柳在摇动微小的叶瓣

几棵春榆满面灰尘

像极了饱经沧桑的老者

它的故事不讲给我。我一身尘土的样子

恰好是它需要了解的故事里，一个在春天奔波的

小角色

口罩时代

我会藏住面孔。古老的面具下
等待被救赎的脸面
有几何学的遮蔽

这是个需要保持距离的时代
疾病来得悄无声息
使人间突然具备了反思的停顿

我接受你离开我两米
我们应作揖，像两只鸟
在浩大的天空，离影子那么远

银平路

崭新的城市，楼宇有了新的脸面
在银平路上，我有一点微小的惆怅
风不再使劲吹了
很好的阳光，铺在店铺门外

有人饱餐。有人在车辆上拿着自己的文件
槐树和垂柳不分彼此
我看到了东面的山，然后转头向西
选择正确的路途

多少年前，这里的叫卖声已经被拆迁
我遇到的人，都是陌生的
我叫不出他们的名字
他们，已认不出小时候的我

湿地

垂柳下，虫蛹会有顿悟一日
河堤通往他处

麻雀怀旧，黄鹂子微笑
一株香茅草，低下头颅

刺玫紫色的花瓣
映亮江山

忽然天色暗

北方有风。北方的胡须如槐树般四散伸开

阔大的北方，山峦粗糙

我听到的音响，全是河流的水声

天色明媚时，麻雀放弃飞翔

在北方，我还没有厘清

一条河的走向，忽然，天色就暗下来

晚风吹着夜色深陷的辽阔

一些星子，及时打开了花骨朵般的光芒

长途

长长的宁夏平原上，山峦有了归途
因轻风而沉默着槐木
收藏住喜鹊的叫声

我想你，想你的路途遥远
河流急迫。这长长的旅途
你将会走到哪里

我在傍晚写着信笺
窗外，一轮落日
已经狂奔到山前

夜晚

现代的夜晚，已不能护佑睡眠
不能护佑月光照在某人的脸上
不能护佑赞美的文字

我于子时，开始一个一个数书中的字
像牧羊人面对羊群。一抬头
就见月亮，将柔软的光轻轻放在来路上

一天的时光

我拿出了诗稿、云朵、群山、刺玫的花朵和河流的
　　水声给你
我把一天的时光分成段落。在结尾，描画了命运的
　　纸牌包含的寓意
在星光下奔赴前途的人呐！你的眼睛里已盛不下多
　　余的星光

秋雨

秋雨轻，有三斤三两。我在河流边看流水

我身后的城池，早就被淹没在混沌里

我不知道，今年秋天会有什么

秋风会有几斤几两

我想，我会继续离开这里

怀揣这样的场景

在别处的雨幕里

数着不一样的雨滴

泾源记

一条溪流背着云朵。花开在山脚
我将它们命名为大丽花。山上还有歌声
旅人在山水间找到了自己

凉殿峡口，一只蚂蚁飞快逃离山间
它们在寺庙边建造的家园
还在——没有被进出寺庙的脚步踩平

烽燧

这是槐树提起的故事：西风凛冽的凸起处

鹞鹰还在盘旋

北方的月光

给烽燧添上好看的银色背景

它依旧守住北纬一线的悲伤

守住鼓声和蛙鸣

一道烟尘，在纸页上升起

边塞的隐喻

初春时节，北风含沙

赐给下马关一场过雨

烽燧下几片陶瓷

就会试着再次闪烁绯红或瓦蓝色彩

一夜大风

我读的小说里，夏天还没到来

一股风，是春末的踪迹

它吹来黑夜的幕帐

在山顶摇摇晃晃，发出一些

星星点点的凉爽声响。S101 线道路边的

村子一个接一个停止喧哗

我不在其中。如果村子是人，那

他们正如我，袖手低头，听风吹夜空

听风吹着北方背后的荒凉

我念的古籍里，有短句子的经文

夜风里的花香，是槐树枝条上小小的

火焰烧出来的

——微小的火焰

是黑夜里唯一亮着的花瓣

翻过花路坡

风还是没有停止脚步

那是另一个省份的风

吹着另一个省份的夜晚

初春

初春应有之景：花朵开在诗书的字里行间

有的开在天空：白色的、透明的——落下来

只为照料人间苍黄。向晚之风

扛着窃取的厚密云朵走在郊区的小路上

这时节，应该是一个人的盛宴

一个重新活一次的人，还有很多空白需要补上

另一个人的想念

相隔着楼宇都是万水千山。击节而歌者歌曰

"山有木兮木有枝"

"日月昭昭乎浸已驰"

我爱的地方：一座背山临水小城，有小段落的故事

有阳春次第出场的物事：手持大丽花的人艳俗

满面枝条的槐树告老还乡

南风吹来，实不能抚慰我心中戚戚

短章

有一匹马，还跑在我心里——背着我的铠甲和行李

我要面对的人世：巨大、空旷。人群都住在城池里

我要走的路是紫荆花和蝴蝶兰铺开的前程

那里有一个人等我。她打开了篱笆的门楣

已经在石条桌上放好酒杯、经书和一朵马莲花

古籍里的王，草鞋芒杖，是我的前身

今世，我找不到来处，修正的汉字里我无法存身

以石碑做记——我自山中乘风归去

有人看到我的背景：一丛莎草浓烈的绿意里

埋着我的姓。我放弃多余的尘世

多余的云朵，和你

一只麻雀飞走了

风很大。风吹天空

我知道风吹着天空

是大紫叶李在摇晃

一摇一晃

沙尘都飞在空中

天空静止如无边的水

一只麻雀飞走了

在枝丫间

像逃遁

一场预谋

我不想说话

下雨天

三月已尽，桃花正在热烈
你不来看桃花？三月雨好
最后一日，早晨从东山下起
在傍晚的西山上还未停歇
你不来看雨

那就算啦，我去
我在西山，看雨滴甚是茂密
有些凉意，是的
是春天的雨
落在去年的枯草上

山下的县城如图画，迷蒙氤氲
有些旧时代的气息
我知道你在那里
在其中一处。你不说话
你多么孤独，又多么遥远

我在花园中看到圆月

小径沿途有白杨，它们持有盎然之绿
我只是想离开另一个自己
——那个深陷于初秋的词语中，不能自拔的人
九月里，信风携带着河流的密码

这片山垣起伏如图画
寂静，适合细细阅读一张月亮的脸
——看不到花朵，花园里的抒情诗
我写不出来

排箫和口琴犹如被风吹着
蟋蟀们的轻吟，断续、绵长
有七言的节奏。秋天啊
花园里的人将被光一次次照耀

那圆月的古典是先秦的，或许是明代的
蜘蛛在我眼前描绘长篇的叙事
细节闪烁
我与圆月，袖手旁观

长堤

风一声，水一声
都在现实的峡谷里念经

沿着长堤行走
我与县城隔河相望

那里的人不用操持五谷
不再用一把梯子试图爬上云朵

河里的游鱼爱好光明
有一对在中午，露出脑袋看阳光

它们或许会看一万年
我在长堤边，有一秒钟的幸福感

河水试图将所有的阳光抱在怀里
我满怀爱意，多情地坐在几株红柳身边

夏天，晚风吹过羊群

牧羊的人，与一块陷入沉思的石头对望

他们都不说话

羊在山坡，吃一口草

看一下天空

夏天，晚风吹过羊群时

香茅草和燕芨芨草的嫩叶

会轻轻摇曳、低头

多么像给羊群深深地鞠躬

中国的北方

一个村子，无名

土地平整，纸页一样铺着

几棵树如激动的几粒汉字摇曳

有女人在门口边，说着谁家故事的翻版

我喝的水

瓶装着整个南方

在三九末，南方还有绿意

中国的北方

一个村子，会藏着盎然气息

等待春天

土地的纸张上记录的北方

因风吹起的烟尘

有宏大气象

乡民在其间的叙述

使我还乡的细节

获得记录，并被赐予

圆月高悬于天顶的背景

一节长江水

弯曲的水，确实更像江水

码头的风更激烈一些

石头纹丝不动

人在动

人在江边，就有了人样子

说美，说江水，说人

都用比喻句

比喻句多么美好啊

将一节江水形容得风吹浪起

形容得载着离乡人的船只一动不动

明日即有大雨

无数水将会自苍空列阵而来
它们隐藏身份和名目
会发出刷刷的声势

我很期待。城外的河流会将自己独立出来吗？
一切将成为柔软而朦胧的半透明物事
江山会静下来，成为一个词语

或许有人会给垂下的花朵重新取名
我想，她会有美好的笑容
闪着微小的亮光，没有形容词可以赞美

关于清晨的短章

群山奔赴，乌鸦提着星子藏身云后。这个早晨
河流边有人钓起弯月，沿着风
走向树林——槐树都伸出手，握住自己的叶子
唉，不见牛羊，不见花朵
我在这个清晨，像一个寻找去向的人
被一个叫兴隆堡的村子收留

四月的去向

一个下午，风吹开来，花朵和流水都开始叫嚷

我的心脏里有片阴影

一片云，摇摇摆摆，戴着京剧里的脸面

在小城上空咿咿呀呀地走

我不明白四月会去向哪里

南边的县城里还在落雪

一场雨的遗迹还在

这是四月：春风还在扭捏

有些花朵已经到了暮年

独自说话

喝口水，补给一天末梢的干涩
屋外的风声还在奔波，发出的呜呜之声
不能说明它的来处：它只是路过北方
涉水而来，捎一段夜色给我
让我说不出话来

音乐起

仙人指的腰身渐渐直了起来

它细碎的花朵晚霞一般

看着我，露出笑容

叶瓣上，水珠清澈

一滴一滴

映出另一片晚霞

整整一个下午

雪还在阴影处闪烁
垂柳、沙棘在栅栏外
我看夕阳斜下，山峦将剩下的光芒
抬起了一点点
弯月高悬，它隐秘的
那部分是黯淡的

一个下午，北风浩荡
路过陕北的风，一直吹到宁夏
宁夏的河流藏住一些星星
向下游流去，路过的山峦都会留出
合适的位置
给水流和风

我整理一些关于想念的民谣
曲调里都有要试图爱的人，或者
离去的人
每个人背后的故乡都是一座城池
比我在的县城大，有些
小

同心路

在银川，云朵是很过分的
我来不及看清楚它们的样子
一下子就没了

路过同心路，很多人都在忙碌
我都不认识——即使我来自同心
这里也没有花路坡、庙儿岭和清水河

当然，同心路上的树木都是很整齐的
不像在同心，随便哪个山坡一扎根
就伸开招摇的旗帜一样的叶子，占山为王

我没有换掉自己，还是那个土气的人
在银川的同心路，一直迷路
反复寻找归途

山中十二章

1

光在林间是锋利的。西北视角的布局：起伏、平缓
　的原野
还能容纳一棵大紫叶李朝向天空的意愿
麻雀，向着宁夏飞

2

窑洞间隙是秕草，以及秕草忘却的香气
在山畔，溪流深埋了月亮和星宿
它积攒多余的光，留着照耀人间

3

典籍里的训示："浮生若梦，若梦非梦"
梦是空的花朵——沿着一节山路排开

山上的石头有禅意：红色的石头给暮色补上些许温暖
白的趺坐山间。石头上的插图
——火焰张开了翅膀

4

一本石头的书中必有：花园、诗歌、河流和
山峦。乌鸦看护着黑夜
一群羊，沿着青草倾倒的命运走向远处
直至，远方
远方有片神迹的湖泊

5

许多时候，飞鸟驻留于槐树枝丫
它们的方言弥漫着药草气息
它们的江山富足，而且多雨
面对底层的草籽和虫豸
它们是有福的
他们大声说话，语气温婉

6

河水止处，有美学的休止符标识
一条河绸缎般陷落
闪烁的光芒，在大地上嵌着锋刃
哦，遥远的火
熄灭节外生枝的余烬
留下黄金、喜鹊和云朵的块垒
在宁夏腹地隆起的山上
两只相爱的岩羊度过了春天

7

四月看花。五月等雨
五月的云朵呈暗黑色——孕育水的
云朵，被山托着才能飘起
村庄沉湎于玉米描绘的绿色
五月有雨：清新的雨在小城里
暴烈的雨落在山里——
坚硬的水在花朵里藏住天空

8

再次看到：一只小岩羊，沿着绝壁攀援而去

一只小岩羊，毫不畏惧地球的陡峭

9

春天说出来的是：山上

只有一股风慢慢吹来。而

现在深春，苦籽蔓细密的花朵有了笑容

一只蝴蝶在马莲花上一动不动

——它有心事？或者是

爱

10

为一条河设喻：它的三条支流

一条有流水

一条有蜜汁。一条低下来的云朵

刚好醉落在最后一条河倒映的山畔

11

大地铄金。语言沉默。这是人间的旷野
你有森林，你有沙漠，你有茂密和干涸
你才是被认知的——你的另一面里
天堂也有生生不息的人间

12

雨水使人警醒，大雾使人迷惘
大地的幔帐之外
新月如刀。一棵月桂
告谕宁夏：山峦能拿出来的是云朵
尘世能拿出来的
人，都能拿出来
各自的命运，而
河山已经拿出
寺院

第二辑

绿
萝
谣

绿萝谣

绿萝不信佛，立于书桌，一枝刚好伸到
《六祖坛经》。绿萝坐禅
"元不著心，亦不著净，亦不是不动"
屋外白云乱飞，有冷流将起，四面风声
呼啸。我有两块石头，压在书上
它们来自不知名的山中
一绿一青，它们保留各自的沉默

我在当代的生活中
七楼，高悬于半空，目光所及
亦是渺远空阔之处
我观绿萝手掌空无一物
我看诗书，还没读到更深意味
有微小的苔藓，已经在石头的凹陷处
将自己栽种进去

八角子歌

下午，在路上，我没找到那个出门的人
他拿着书本走到了远处
回不到我身体里。书桌上的书目
都记着古代的事。我在其中谈及花草的
一部分段落中，找到了治疗孤独症的花朵和
药草，需要微风和流水的引子

八角子是其中一种：八角子在墙角
独自伸开叶子
它不理睬我的想法
或者，我应该带它去山里
山间，还有积雪映亮天空
我们可以互相疗救在人间多年积蓄的虚妄

槐树考

白色在持续。整个六月，是白色的
现在，十二月，更白。回到六月，或者
等到七月
一串串白色，密集的瓷器
向下。其中，黄色是慌张的
嫩黄的密集恐惧症
会在十月，获得解脱

我在十二月的大雪中
看到槐树枝丫嶙峋
仿佛要抓住几朵云
像一个中年人
说：我能
伸出的手
做枝丫状，没有叶子

采石歌

此石头，有一颗不变之心。亘古以来，它的内心就
　在沸腾
风吹日晒，它越长越小，成为晶莹的一颗
等你翻山涉水而来，它给你的才是剔透的一颗

红柳歌

河畔可以存放肉身。冬天，红色的
灌木枝条如笔直的火焰
以茎秆之躯切开了风
燃烧的香味，在河畔过于密集

它的生发在于花朵
夏天，白色的，如雪花
也是隐喻一种：季节的反面
也是象征一种：枯荣的正面

石鼓诗

记录一场前朝的战事：马匹的嘶鸣响在石头里

西北的山峦老得直不起腰身

枝丫斜伸的曲松，风中摇曳如箭矢

石鼓图记：一只鹿山侧回首，再一次打量了人世

青山外

青山奔走的北方，盛不下雨

——北方的雨有悲意

两只喜鹊或一群乌鸦

敲响沿途的鼓声

青山没有对立面。地上的阴影

是阳光给它的行李

红柳在青山一侧

摇动细枝给阳光让路

山路上，麻蜥的长尾巴扫起

微尘。青山外

香茅草写下的誓约

是大片金黄，是平原上的村落

山间月

云
尽
处

薄霭中，有棵冰草远离了山畔
它迷路了
它对我的表达是：摇曳

地上铺满的影子，没有枝丫
我与一座山对峙
它庞大的体内有火焰

的确如此：它在覆盖我之前
首先将一轮圆月
轻轻托起

山梁上

落下来的阳光，涟漪泛滥。青玉米拥挤在一起
有的笔直，有的弯下腰身，有一株突兀地伸起一片
　　红叶子

山梁上，一只鹞鹰探看沟壑里的风吹草动
当云朵靠在山尖上的时候，鹞鹰就是天空和山峦之
　　间的顿号
山下，方格布局的村子里，看不见人，也没有炊烟

这个巨大的傍晚，有人在山顶亲眼看见小块的人间
连片的青玉米地，披着薄霭的象征意味

浏河谣

人居处，水在弥漫。我迟于一尾江鱼

抵达南方。风的翅膀投下的影子

不是涟漪，是跳起来的浪花

他们够不着天空

几个写诗的人，在浏河行走

沿着江河的去向

红花和白花开放的南方

有人看到的落日巨大，煮沸的水

渐渐熄灭

人群和树木都收回影子

——我记下的细节中

有生活的样子，有农历的样子

小寒歌

一日之晨，北风尚未吹断东山
我路过的人群，都在为一天的光阴奔赴前途
他们配有好看的光晕，和长长的影子
这是小寒时节的启示录

西山上：等待的云朵一动不动
河流波澜不惊。向南
我找不到月亮
——那是一日之初的证据

八方谣

山坡上阳光茂盛

喜鹊衔着云朵。黄土上

芨芨草试图飞翔

姓杨的砖匠，码放的城池里

蚂蚁给王献上甜蜜

姓杨的女子，站在墙边

看马莲花开

马莲花白天开

马莲花夜晚开

马莲花一直会将自己开败

香茅草歌

山峦昨日已聚集河岸

今天早晨，它们又分离

西山有好看绯红

东山被光遮蔽成青色

我沿着河流拐过枯枝零散的二道湾

香茅草睡在冬天的风中

在它们的身体上，我的脚步柔软

香茅草老了

它们藏住绿色

细微的茎叶伏在地上

试图盖住清冷的、庞大的北方

窑山歌

若是我不问云朵，怎么知道你在窑山

若是没有喜鹊引领

你怎么会过窑山

若是窑山红柳不高

你怎么会看见风的轻样子

天色渐暗，看见你的那颗流星

走得很慢

刺玫一朵

窗外，花圃还盛着剩余的风。刺玫仅有一朵花
坚持摇摆——静寂之声在眼中晃动
在一栋倾斜的楼宇底层，我看不到天空的云

哦，那多云的天空在九月的暮晚
会使人想起远方——远过东山，和东山即逝的光芒
有萧萧初秋的渺远之意味

没人和我说话，带着一本书里的描摹去古代
看看那里的人，是否也如我这般
与一朵花保持默契

只是今日也已别去。在广袤西北一隅
一朵花守着自己的节日。一个人看着风生
云朵卸下衣衫，靠着山峦闭上双眼

我想和人们说话，或者你、你们
用一朵花来度过我们的节日
只是，时辰已过，暮秋的风翻墙而过

种一枝桃花

在花路坡上堆积的雪下，种上一株桃花：枝干要粗，
　枝条要柔
为奔波的人开出红色的花；为路过的黄鹂子留好歇
　脚的枝丫
春天，让路过的风，带着花香，翻过山坡去
在那些撒开的村落上落下——
雨滴里，有甜美的味道

春雨日

早晨一场雨，细密的雨滴分离，集合
闪烁的水样子，照不亮前途
在这冬天的末尾，云朵的想法还是那么多
我在路边的园林里，遇到了不低头的枯草
还在摇动的老槐。依旧干净的黄土地
在雨水里，收留人世

喜鹊谣

冬日，槐树获得了安宁

在县城的路途上收集了一些微小的风声

喜鹊一只接一只奔赴河流一侧

它们的鸣叫是隐秘的

低低的诉说，使沿途的槐枝都藏住新鲜

藏住花朵

风吹歌

远山和水，被风压低在春末

我在桥上，流水淌走一个县城的往事

风摇着树木。过往的车辆都被吹得干干净净

风里，一只喜鹊喊着另一只，用的是北方话

一声一声

从新区，叫到老城

我有点紧张，我知道

老城里全是熟悉的人

空心菜说

人是空心菜吗？绿生生的叶瓣
裹住自己的空
裹住的还有自己的夜晚和
白天。花朵开在外面
内心巨大的空白里，有只蜜蜂
嗡嗡鸣叫。我用一条河流的水
养活一棵空心菜
我的歧途在于
在预设的仓库里，贮藏下
东山上升起一抹绯红的静寂
——在我的清晨
有足够的光芒照亮我的书本

斗篷之歌

桃花一枝，梨花披雪

给披着斗篷在官道上寻找前程的人

借来一束古代的月光

良夜下，我就是那个人啊

依然坚定地信奉

北方的风尘吹皱河流的哲学

依然，看着山野里

桃花红，梨花白

在春天的夜晚，独自打量轻轻飘落的月光

笑春风

哈哈，没有春风，桃花会笑谁
桃花开早了。我找你看花
你不来。现在，你看
红桃花，多么孤单
你看，白桃花
多么孤单

陶器

音律关乎哲学意义

谁在歌唱南山上的风

河流呜呜在响，水藏在水里

我有青砖两块

有一千年前的纹理

一个概念学的城堡封住路口

陶罐一只，四千年

看吧，当时的诗歌是唱出来的

写在羊皮上

五张羊皮缀补的斗篷

包裹的陶器上

刻画着无法停止的过去

歌者苦

时至今日，我还没弄懂山上的沙枣树在哪里汲取
水源。它们开着白花的隐喻，用轻微的香气反射光
年年六月，就匆匆收回花蕊，不再宣示
我在沙枣树下埋着的纸页上写下的言辞
将会化为泥土，一页一页，层次分明地
在树下躺着。很久以后，会有石头护佑
叶子，风就不会吹走啦

红柳歌

豫海湖的南面，无我

红柳长得茂密蔚然

它们都很健康

今天下午，我到这里找人

它们给我看好看的白花

沿着河谷一直弥漫

我找的人不在

只有红柳弥漫厚密的花朵

压着红色的枝干，风一吹，不摇曳

山中饮茶歌

山中，圆月清淡

它照着的人间有大寂静

山脚的莎草绿色腰身

柔软地俯身在土地上

我要停一会儿，远离尘世

我具有了足够的空阔

几条切入地下的沟壑里

满是来往的风

它们嘘嘘呼呼，说着自己的语言

我听不懂。我邀晚云三朵

倒清茶一杯，与三五芨芨草对坐

它们摇头晃脑，与我有着换命的交情

月光洒下，星子闭上眼睛

天地寂寥

我们一杯一杯

饮不尽人间的温热

月季

败了的花朵是可以原谅的
雨后，将脂粉涂抹在土地上的花朵
是可以纪念的

败了，又开出好看的花
是园里的月季
是粉色的

它的一日如此新鲜：供养几只蜜蜂
引来几只蝶
以自己最柔软的部分

这失败的表述：如月季每一枝都会
伸出一朵花来，送给人间好颜色
送给一股风，所剩不多的，一点香气

伐木

没有枝条是多余的

清晨，堆积在地上的枝干

我看到了木头的疼

切断处，一圈一圈的轮纹

看着天空的空洞

树叶还在摇曳

树干上，细小的枝条又从切口

生出。和我一样，怀揣着自己的伤口

努力开出自己的花朵

大雪记

雪花开放的时候，小城外的
河流就会安静下来
等晚归的人路过

雪花遮住了星空。西北的天空
低下来，轻轻压住
沿途村社上空，不断升起的灯火

下雨天

云
尽
处

三月已尽，桃花正在热烈
你不来看桃花？三月雨好
最后一日，早晨从东山下起
傍晚西山上还未停
你不来看雨

那就算啦。我去
我在西山看雨滴甚是茂密
有些凉意，是的
是春天的雨
落在去年的枯草上

山下的县城如图画，迷蒙氤氲
有些旧时代的气息
我知道你在那里
在其中一处。你不说话
你多么孤独，又多么遥远

细雨已至

傍晚时分，灯盏既亮

翻读《庄子》至：夫有土者，有大物也

窗外，小院草木葱茏

云朵之下的微风只能摇动云杉的枝尖

蓦然的细雨阑珊而下

我又读到的是：

汝徒处无为，而物自化

西风苍茫

我所说的西风
在北方，早晨或傍晚
才会吐露凛冽内心
它吹拂的秩序
有崎岖的锋利

西山上，一次又一次
踉跄的脚步
试着将一朵云
运送到东山
或者，水流停止的地面

石头和石头的战争
硝烟弥漫。发烫的石头
有银色的脸面。在山尖
散养的月光
干净地照在北纬以上的河流

我所说的西风

是一头眺望的岩羊

看着西北苍茫的细节

——松枝皴裂

马莲的红花朵：松下的童子

西风详细的形状

——花白的毛色

在奔跑中

带动夜色降临

星星点点地磨亮上空的斑驳

火是恩赐

需要风的鼓动

才会有熄灭

北方的大地才会擂着鼓声

是的，那是一种图腾

张开翅膀的鹞鹰

盯住松枝间存身的麻雀

羽毛间的风声

海啸一般响起

——西风，有了宿命的谕示

这个节气，花已经开了
青山扶住天空
村落收留烟火
宁夏平原流传的姓氏
谱系里布满西风吹来的沙尘

冬天的祝词

冬天出门，行至河边，白茫茫一片

云朵落在水中

如此坚硬

冬天，无边无际

锋利的微风使人

想念春天

或者秋天。那时，我会遇到一个人

现在，她应该在春天的山上

眉眼里，藏着太阳花的重瓣

山下，草丛里，虚构的春色微小

云朵，在山巅停下脚步

而冬天，不言不语

我经过河流。小县城里的烟火气息

替云朵刻画西北天空

天空辽阔

我老了，在冬末

定会替你留下槐树最后

一片飘落的叶子

云
尽
处

春天应有的

风吹着蓝色的湖水
在湖边，一个人的感觉很好
而他人都觉得孤独
这是春天应有的

公交站点的异乡人，还没找到路途
看着别人的街景
看着新鲜的城市里人群如流水
在春天，走过了遥远

哦，遥远处的江水
遥远的人
存下绿叶和花朵的小径
尘归尘，土归土

在这个春天，两个燕子掠过小城
一路上，有缓慢的爱
有轻轻的叹息，和
原因不明的笑容

去年之词

1

干净的云朵，是一个疑问句
水之一侧的草木
是岸
是雪花底下的香气

傍晚，有一朵云，在水面上
留下的信件
一个词里，描绘春天的样子
是声音，是给你的孤独

2

我取诗书的手，正好空着
我给你的证词

在西北边陲

浸着汉字的骨血

汤汤向东去。我的名字

即佐证。灼热的国度里

地平线之上的异象

——月光屏住呼吸

3

时间之书，翻过一条河的歧途

年关之初的月份里

中国的星星，在山头

点着灯笼

我们的村庄里响起歌谣

歌词里的炊烟老了

村前的路途上

红嘴鸠流下思念的泪水

4

一年前，我在山间
一年前，风吹辽阔。花朵的
哲学意义
仿佛是空

我不是独自一个
至少，你在山湾处留下影子
我提笔写下：明月落魄
山河寂静

5

我不能忘怀的是明月、山峦和你
一年前，我的罪过，无处申冤
今年，头疼、腹胀
七个椎骨的钟声响在体外

我该撤退。一个小县城里的爱恨
会有多大？炊烟偶尔升起
河流偶尔停滞
我，在今年，存下语言的汹涌

第三辑

明
月
章

明月章

一

水里的春天有一节月光的尾巴

晃着——搅碎的银子，买不来一朵完整的云

我饮下一小杯药酒，就有火焰从眼睛里

烧出来。陈旧的身体里有座花园

苦涩的艾蒿、祛风的巴戟天

宁心的合欢、散热的金银花

翅翼舒张的木蝴蝶使我免于荒凉

呵！此日之漫长，刚好够群鱼浮出水面

我提笔记下时光中粗粝的一部分

那么潦草！那么迅捷！像颓败的诗行

还没有还原到诗册中——

有闪光的词语在独自奔跑

有掉队的词语走上歧途

回家的水轻轻落下
刚好够熄灭眼中的崎岖火焰

二

风是薄情的。月光不改初衷
——被风轻握着路过树木
刺槐焦红的尖刺截取了冰冷的一星光芒
它颤抖着，表达不出来欢愉
它刺破风的时候，发出呲呲的象声词

我还在期待身体做出反应
开花的木门就已打开
留着将要补充的空白
  "我有圃。生之杞乎"
故事的素材慢慢溢出

春天的仁慈、阔远来到小城的郊区
带着水汽弥漫的邮件

三

从前，有人住在月光里读书，读一座城池
城里的人开仓放粮、守护灯火
在一场细雨的语序里埋下闪电
从前，土地没有暗疾
月光皈依水流

有些水的颂词只献给月光
抑扬顿挫的语调，都刻在石碑上
我将它们解读为疼痛
——语言的疼痛
像一片空着的水

从前，一掬水可映五月的秘境
又圆又大，空空如也

四

现在，是该给靠近天空的山峦
一些证据。月光曾在此深眠

庙宇的回声奔涌而出

大段落的经文里利刃凸显

切入诗歌缄默的骨缝

我梦见一个人带领狼群

浪迹荒野。群山的背景低下来

像是理性的隐喻

不再有孤立的赞词

一道光如约而至

呵！山上的典籍字尽词穷

花朵倾斜，花朵没有苍茫的慰藉

五

"我如微尘，附着于虫豸翅间，不深情

我借月光衬托黑。我论证律令的失败之处

毫无疑问，词语的伪命题不能抒情

至于火的意义，是光芒间趋于洁白的那一部分

纸张上的白，就是向前指引的路途"

"神仙们蛰伏了。神仙的脊梁上刻着哲学的

纹路。已然无法读懂，隐晦的谜底藏在字的下面

就像病句，未被修改。人间的美学

还在补充修饰词。一些书阁上

收服的字已被掩盖"

在傍晚，月光温雅

独坐水面，一摇一晃，心甘情愿

六

迟到的表述不会有诗意：一个迟到的人

失却气运。但，一个国度不会

月光铺下来，一个国度亮着

她的山河醒来。她的草木散着芳香

放归的鸽群驮着星辰

点亮一条河。一群原住民

唱词里的诗意曲折、静美

古代的马车牵出不眠者

作为主角的月亮，刚好在我头顶

余光给我的梦境填上暖色

我在东——东即高地

而西，一片汪洋恣肆的水

始于奔跑

呵！月之将出

水的脊骨是正道，是尽头，是证词

不相见

风吹碎了河里的波浪，一朵薄云还在飞
北方的午后，只有风吹。我抱着书本，等你的消息
沿途的槐树都不怀好意，扔掉了多余的叶子
像信笺。不能见你，我就在北方写下证据
一个囫囵的日头，还不下山，照着我的路途
我走得急：在河边，在流水前面，在风的后面

春风吹拂

有沙尘的风才是春风

一点也不柔软的风，才是北方的风

吹动漳河柳枝条的风，才叫吹拂

我路过小县城的时候遇到的风

没有带着你的消息

那不叫春风

第七个夜晚

已经没有星星可数了——那些要命的光隐在山后面

一树稠密的梨花，在我身边，花瓣如雨而下

它们放弃了美丽。我能说些什么

第七个夜晚，我们不相见。我们忘记了匆匆赶来的
　星光

忘记了坐上喜鹊鸣叫、山路蜿蜒的马车

写给你

我散步的每个地方都是你的街道
我路过的茵郁都在等待一个人
你知道，我仅有一生，没有多余的
没有多余的留着空白
我见到的路，都在你的一边
我不失望，失望是隐秘的

傍晚，我们说起夕阳

朝阳村布局如棋子

马孝礼家是一枚；杨国旗家是一枚

清水河对岸，马家河湾村也是一枚

我们在村子里煮茶看画

我们谈论电影，谈论塔科夫斯基

谈论宗教和哲学。傍晚

在回家路上，我和你说起夕阳时

一轮巨大的落日，刚好披雪立于山巅

你在哪里

我的花朵很小，星火闪耀

我的风雪，刚好吹着文化街的槐树

我记起了山水画上的古代

你在哪里？这傍晚的余光里

我的信件该递到谁的手中

你在哪里？我手中的花朵

多么多余

远处的人

远处的人

有两条岔道：在雨幕中合住月光的夜晚

不会融化。在完整的早晨

一片云霞

会随水而去

滴答滴答

念想

夜色不黑。从一个县城到另一个县城，翻过的山峦

莎草茂密，小小的鸡蛋花上，泛着淡黄色、褐色的

小火焰。一个读经的人，书本刚好放下

水汽升腾的湖泊里，游鱼开始作爱情的美梦

人间静默

我要走的路途，和经过的河流

都是应该走过的

你的，也是

走海原

一条路，有着各种未知的歧途

我向西边走，一轮落日巨大的火焰

在路人眼中，烧着春天

我曾走过这条路

当时的梨花，如今日一般洁白

每个看花的蜜蜂都有粉色的心结

我不能窥探

海原，海原，群山如沸水

一座城池的灯火

亮在我眼前——我身边无人

梨花只好寂静开着

使我徒然的

云尽处

夜色下，没有月光，星辰都藏在自己的身后

过王大套村，过两条曲折深陷的沟壑

我找不到来路

这是我在县城有时也要思考的问题

山峦横在眼前，路途曲折在别处

一会儿在高处看到夜幕

一会儿在低处陷入无边的迷途

一直走，停不下来

像是要寻找什么

像是要找到什么

最终，看到远处村子里阑珊的灯火

仿佛我刚刚来到人间

使我徒然的

也是一个人类面临的徒然

心脏

"啪"的一声，我的心脏突然给我不受控制的
声音。在下午，阳光还在照耀人间
我突然就满面汗水

不是恐惧。我的心脏已经跟我四十多年了
我从未想过它如何将血液的河流
埋在我身体的各处，让它们流淌
在我身体的丘壑山间穿行

我确实没有想过，这颗陌生又熟悉的心脏
它一直不停跳动，使我不停地游走人间
而这时，它响了一声
像寺庙里的钟声。我还没有准备好
写出祈祷词，我还没准备好
念出自己大半生的履历、欠着别人的账目
和堆积在心间的种种爱意

应该拥抱晚风

孤独的人，还拿着花朵

孤独的人，还在河流边

孤独的人，看着月亮扔下的银子发呆

他应该拥抱晚风

温热的、潮湿的，穿月光而过的晚风

——应该感激风不辞劳苦

远涉而来

一次一次，吹在他的脸面上

我们

我们之间的阳光已经撤离。多余的风轻轻吹来，停在

一堵坚硬的墙前。我说出的词语有锋利的一面

你留下的背影，像碑

我们无话可谈。夜色从豫海北街拉开，一直到同心

　大道

沿途的槐树收起了枝条和叶片

夏天了，地上已经有掉下来的绿叶，也有痕迹模糊

　的脚印

内心有团火

我咽不下太多的灼热。我的血里度数太高，都是多年
攒下来的。我需要着烈火般的水再次冲刷心肺
在这小城活得久了，就会知道树木的名目，节气的
冷热。有时候，我就一直想着一个人
一遍一遍地想，一遍一遍地走过每个来路和
去处。有些时候，需要一首诗歌搭救一段心境
需要一杯酒，浇灭心中纷繁的念想

每一个夜晚都有它的意义。我斟满一杯酒水
与夜色一同服下，灼烧一段往事
或者一个人。那锋利的酒水，在我心尖上点燃火苗
点燃去年留下的雪。一杯，一杯，复一杯
——内心的火静静地燃烧，眼睛里的火轻轻摇曳

一天的时光

我拿出了诗稿、云朵、群山、刺玫的花朵和河流的
　　水声给你

我把一天的时光分成段落。在结尾，描画了命运的
　　纸牌的寓意

在星光下奔赴前途的人呐！你的眼睛里已盛不下多
　　余的星光

你给我说的

又是春天，我们期待的消息还是没有波澜的长流水
长流水流啊，流啊，流啊
阔大的北方风云离散。有个人背负着自己的落日
何日才能把满山恓惶的羊群养成白云，落于言辞

雪在北方的原野上盖住苍茫

三月，有模糊的云朵在旷野上晦暗地表达
一个月份的开始。我有些累了
三月需要雨，需要河水压低的声音来证实
我没有冒犯三月的意愿
不合时宜的雪，在空阔北方盖住苍茫
路上，我跟着一枚云朵的坐标，走得仓皇

我们的距离

仅仅，一条逼仄的河

仅仅，两排槐树

有时，绿着

有时，红着

被比喻为森林，或者金子

其间，没有过渡

你在镜前描眉时

屋外的云朵

压低身子

天幕覆盖住白雪的证据

河流洗净风干的云朵

河畔的槐树，扬起枝条，自言自语

高岭

夜风吹拂的不是羊群，是灯火
高岭下，人间有灯火阑珊的河流
我们看着这样的情状
我说：有时留恋的不是人间
是人

这样的夜晚，两个人远离城市
你在风中摇晃
我说，那里的城市可以叫红尘
可以叫苦海
你说：是的

一河之隔

在山中，马莲花细碎的火焰
阻止了我去看云朵

现在，傍晚从西山走到河边了
我与你一河之隔

月亮沉默时，沿途的风也无话可说
河水泛起的波澜里，有几颗星子静静睡去

罢了

斜月当空

照耀一个奔赴在路上的人

不是骑士

他没有要投身的江湖

大声唱出的民谣不是爱情

经过河流，流水停止

经过花园，枝条飞舞

经过几个年轻人，年轻的风

经过傍晚的天空，无云

罢了，再经过一个无雪的冬天

速效救心丸

病症藏在身体的某处作乱，心跳加剧

你服下的药草，在春天也不会发芽

你与心跳做出各种妥协

——曾经的心跳是多么美好的事情

现在，是敌人。仿佛所有坏事情和好事情

都要用心跳加剧才能表达出合理的愤怒

写作也是，阅读也是

你服下小小的药丸

它给你的心脏以抚慰

以便你能平静地面对

体内的病症和体外的风声

一树杏花

一树杏花隐居在山里

山里，庭院已经败落

庭院里的香炉，有纪念的尘埃

一树杏花比云朵还白

我打电话给你，请你来山里看花

看美丽的山

这是人少来的地方

一树杏花隐居在山里

没有等你

何时开？不详

何时败？不详

只是，山风太大，香气一丁点

夜晚的风最容易离别

云尽处

逐光而去的风，没有返程，有点悲凉的意味

我是逆风的，从一座城市走向另一座

未知的地方里，总是有些期待的东西

——那毕竟不同于我来的地方：没有细小的河流

没有亲人捂热我写的字句——也没有你

如这夜晚的风，吹走一节月光，又来一节

清凉、安静的光，像极了一个人的背影

良夜

灯火阑珊处，龙爪槐把影子轻放在地上

地面上的石径压住的黄土。我在路边的花园里闻到

　　土的气息

——多年未曾忘却的味道，依旧卡在喉咙里

刺玫隐藏了好看的花朵：大隐隐于市

一缕月光不请自来。在过去的傍晚，它会照耀路人

农夫和失眠症患者。它是清晰的

也是公平的，分别在他们的眼中放下一点光芒

如今，它只是爬到西山顶上，一动不动地，打量人间

出门的人

去往南方的路，才是跋山涉水

有的山庞大，有的山陡峭

不知道第几座山上，杜鹃说的话

我听不懂

有的水紧急，有的水舒缓

不知道第几条河里，养着一片薄薄的月光

一个省份有一个省份的气象和落日

出门的人，只是坐标的变换

心里的人没有变，如我

眼里总有呼啸风沙

刮过，沿途的树木都会

倾倒躯干，向未曾谋面的人致意

失去一个人的消息

一个人陷落于傍晚阔大的落日之后
杳无声息。一只晚回的喜鹊，在暮霭中
双翅展开的景象，只有在山巅才是可靠的
我就这样叙述她。她与我无关了
就像放弃了一个世界，一个人的世界
漫天星辰亮起，是象征派的手法
在证明其中一颗忽明忽灭的
即将要放弃光芒
将自己隐于暗中，隐于无
在一个月末，纸页上只是叙述
不是见证，和想起

我喜爱的现实生活

打开书桌前的窗，光就会越窗而入
——这个世界的光，截留一束
给我清白的明证
书上的一句"你将逃到哪里去呢？"
我读到时，我听到了自己的声音

我喜爱这现实的生活：真实而又不可预计
窗外有三两朵流云，榆树的枝条上嫩芽渲染
绿意。真好
我写下
凡人的言辞

有时候，我会与窗外的园圃达成盟约
我看它：刺玫、大紫叶李、矮小的榆树墙
都在土地上
它们顺服四季的意愿
我探查的视角在后退，并保持了安静

关山

关山在南，山上的松树逐渐减少
这是警告。我在北风之后抵达
对于四月的下午，我不能缺席
即使北风逐渐凉下来
人群里没有人朗诵诗歌
那都是对于关山的悖理
应当被弃绝——不能使词语受辱

献给你的言辞的两种准确表述

云
尽
处

献给你的汉字浸泡在虚拟的水流中，字迹曲折而浓烈
给你的空白——多余的部分
龙爪槐枝叶参差。晚风依旧落寞。去年的山路上
一只鹞鹰伸开翅膀，慢慢走远，慢慢走远

她

我看不到她，绿萝和仙人掌就会和我说话
我看不到她，一页纸上的文字就老了
趁着夜色出门，月光万丈，没人喊我回家

打开的门

云尽处

每个下午都会有人路过

在落日即将收回光芒的时候

今天，门依旧开着

我等的人没来

灯盏也没打开

冬至

你来看我，带着向日葵的气息

你来看我，大紫叶李放下

最后一片，花朵般卷曲的叶子

年年盛开，有人看到

年年败落，有人看到

年末了，风吹起来

时间的页码又要清零

西北的大风吹起，城市已失去烟囱

我将一棵落叶松比喻为你

在城外的河流边

升腾的水气凝结成霜

我一遍一遍数你的叶子

——太多，太细，数一个

扎一下指尖，疼得数不清

一节烟火

云尽处

小县城也有古籍，身世成谜

沙枣开花。一个人读书时，另一个人说：来

她也有普遍的焦虑

字里行间，中医的癫狂

还没有确诊

夜晚，当归于静寂

时代的夜晚呵！有人洗净书目上的灰尘

念念有词：你

给我开门

打开月亮的光

你说：我们过好日子

我给你入厨房，熬好丸子汤

看你读书

写下虚无

保佑文字

第三辑　明月章

二月二，低头的人

背着云朵

唱花儿：高山上有多牡丹

白牡丹白得很着呢

此处

此处甚好：看古代的书
喝明前茶，一朵云挡住月亮的侧脸
此处不在庞大的现当代

纸页上，文字交付于美好的摹写
我只喜欢形容词，让我惊叹于身在小城的一隅
目视辽阔的星群如前世留下的尘埃

此处甚好：无人可谈人间诸事
有人敲门："我心里一池春水，波澜
刚好涌起，浪花、游鱼如今已老。"

一个人的小城

现在就我一个人了，喝自己的茶

看自己的书

说自己的话

身边的河流唰啦啦地孤单

几棵榆树还没等到春天

我留着自己四十七年的账本

翻翻捡捡——欠的太多了

怎么还？在这小城里，我就是过去式

像失群的羊只，慢慢往回走

——回家

现在，雪还是没下，一颗星星背着自己的盐

停在西山。小城里灯火初绽时

一轮明月从东山腾起，它来找我

为我送来的影子，轻轻落在

西北的黄土上

晕眩

记事本上记着一次晕眩症：为了一次莫名的

晕眩，记下一个人。在大紫叶李茂密的枝条下

刺玫妖娆，如人，突然的晕眩之后，眼前一片薄霜

　轻轻升起

等明月来

灯火的意愿在傍晚才能表达出来
我走出书斋，像一个古代的人
听风，听宏大的声响
在北方轻轻地笼罩住一个小县城，以及
更多的小县城
众多的星光，如灯盏一一闪亮

这暮晚不带贵族气质：小河流水潺潺
低矮山峦一寸一寸地布置莎草
有人在星空下想着过去的事情
也有人喝茶，静坐在秦腔里
复习一段爱情
或者，一场王朝里的剧目

要是有爱情多好呀
被风消磨的时光
正好有人相陪
等明月姗姗到来时
一起坐在有小河流淌的
城郊之外

中国好诗

心上没有诗，就像地上没有花朵